AF381543

Analyse de l'œuvre

Par Natalia Torres Behar

Les Hauts de Hurlevent

d'Emily Brontë

lePetitLittéraire.fr

Rendez-vous sur lepetitlitteraire.fr et découvrez :

Plus de 1200 analyses
Claires et synthétiques
Téléchargeables en 30 secondes
À imprimer chez soi

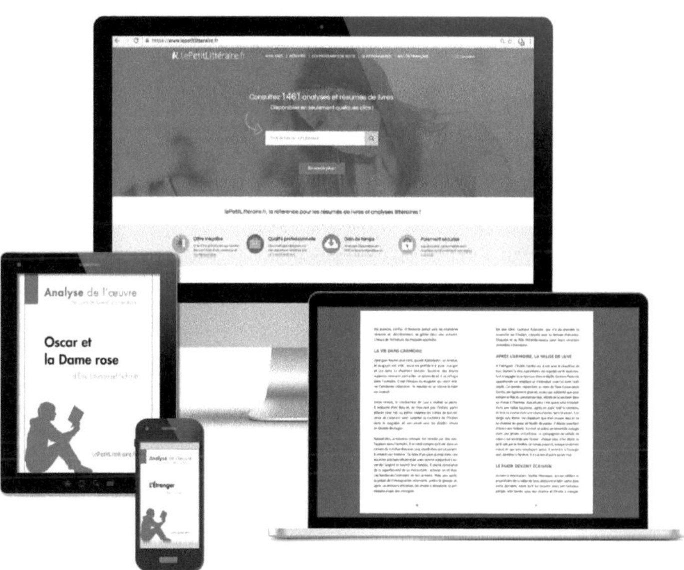

EMILY BRONTË

LA POÈTE ANGLAISE DU XIXE SIÈCLE

- **Née en 1818 dans le Yorkshire (Angleterre)**
- **Décédée en 1848 dans le Yorkshire (Angleterre)**
- **Quelques-unes de ses œuvres :**
  - *Poems by Currer, Ellis and Acton Bell (1846)*, recueil de poèmes

Emily Brontë est l'une des écrivaines les plus célèbres de la langue anglaise. Pourtant, sa biographie est pleine de mystères et d'énigmes. Elle vit une existence très réservée en raison de sa nature solitaire, timide et tendant à la réclusion. Elle perd très jeune sa mère et deux de ses sœurs. Ces dernières attrapent la tuberculose à l'internat, provoquant le renvoi des frères Brontë du collège, lesquels sont alors éduqués à la maison.

Le foyer des Brontë se trouve dans un lieu retiré et isolé où les enfants n'ont presque aucun contact avec le reste du monde, outre leur père et leur tante. Ils n'ont donc d'autre choix que de trouver des moyens de se divertir et de ne pas sombrer dans la routine, comme inventer et écrire des histoires sur des royaumes imaginaires. Certains des manuscrits de ces premières créations existent encore aujourd'hui et il semble qu'ils soient à l'origine de la veine littéraire des trois sœurs Emily, Anne et Charlotte. Cette dernière est notamment connue pour son roman *Jane Eyre*.

L'écrivaine anglaise succombe à la tuberculose à l'âge de 30 ans. La majeure partie des éléments de vie que nous connaissons à son sujet nous viennent des écrits de sa grande sœur Charlotte.

PSEUDONYME

Emily Brontë écrit sous un pseudonyme masculin pour être prise au sérieux car il n'est à cette époque ni courant, ni bien vu que des femmes écrivent des romans. Ainsi, *Les Hauts de Hurlevent* est publié, dans un premier temps, sous le nom de Ellis Bell.

LES HAUTS DE HURLEVENT

UN ROMAN D'AMOUR TUMULTUEUX

- **Genre :** roman réaliste et romantique
- **Édition de référence :** *Les Hauts de Hurlevent*, Paris, Livre de poche, 2012, 416 p.
- **Première édition :** 1847
- **Thèmes :** symbolisme, amours tumultueux, oppositions et similarités

Les Hauts de Hurlevent raconte l'histoire de deux amants dont la relation est impossible en raison des circonstances. Un jour, un certain Lockwood, locataire de la maison de Thrushcross Grange, rend visite à son propriétaire, Heathcliff, qui habite non loin de chez lui, dans la ferme des Hauts de Hurlevent. Il découvre un homme revêche, réservé et très mystérieux. Lockwood ressent une certaine curiosité et une fascination pour cet homme au caractère timide et maladroit. Il décide d'interroger Mrs Hélène Dean, sa gouvernante, pour en avoir le cœur net. Elle, qui connait si bien son histoire, lui raconte la relation qu'il entretient avec les familles Earnshaw et Linton, les anciens propriétaires de la grange et de la ferme de Hurlevent.

RÉSUMÉ

L'ADOPTION

Un beau jour, Mr Earnshaw, le propriétaire de Hurlevent, rentre à la maison avec Heathcliff, un enfant au teint basané et au physique bohémien. Mr Earnshaw l'adopte et entend l'élever comme son propre fils mais ses deux enfants, Hindley et Catherine, aux cheveux blonds et à la peau blanche, lui réservent un mauvais accueil.

Les jours passent et Catherine se lie finalement d'une vraie amitié avec lui. Son grand frère Hindley, quant à lui, persiste à renier Heathcliff et à l'humilier constamment, tant sur son physique que sur ses origines et son comportement quelque peu sauvage. Heathcliff endure la cruauté de Hindley et se réfugie dans sa tendre amitié avec Catherine, avec qui il passe toutes ses journées et noue des liens très forts. Cette relation se renforce lorsque Hindley s'en va à l'université, permettant aux enfants de respirer et de profiter l'un de l'autre sans avoir à s'inquiéter.

La tranquillité de Heathcliff et Catherine se voit cependant interrompue de façon brutale lorsque les parents Earnshaw décèdent et que Hindley rentre à la ferme de Hurlevent. Diplômé et marié à une jeune femme du nom de Frances, ce dernier entend bien revendiquer son droit d'héritier légitime.

Alors que les années passent, l'ainé des Earnshaw continue de traiter Heathcliff comme un domestique et pire encore. Hindley se comporte également en vrai tyran avec sa sœur qui ne le supporte plus et se rapproche de plus en plus de Heathcliff en qui elle voit un véritable allié.

LA NOUVELLE CATHERINE

Un soir, Catherine et Heathcliff décident de faire une petite escapade jusqu'à Thrushcross Grange pour espionner Edgar et Isabelle Linton, des enfants mal élevés et gâtés dont ils aiment bien se moquer. Alors qu'ils s'apprêtent à rentrer, Catherine se fait mordre par un chien et n'a d'autre choix que de rester dans la grange, aux côtés des enfants Linton. Heathcliff, lui, est obligé de retourner à la ferme et est pris de remords de ne pas être resté près de Catherine, qui se fait soigner là-bas.

Les Linton tombent sous le charme de Catherine, et particulièrement Edgar qui voit là une jeune fille n'exploitant pas assez ses talents. Il décide alors de faire de cette fillette sauvage et impulsive une jeune fille réservée et bien élevée. À son retour à la ferme de Hurlevent, Heathcliff ne la reconnait pas et ne comprend pas ce qui lui est arrivé.

Frances, elle, donne naissance à un garçon, Hareton, mais décède pendant l'accouchement. Hindley, qui considère que son fils n'est pas à la hauteur de ses attentes, sombre dans l'alcool. Sans sa femme, il se montre plus agressif envers Heathcliff et s'attaque à lui pour libérer toute sa colère et sa frustration. Son attitude porte préjudice à toute la grange et tous commencent à se rendre compte de son alcoolisme et de son cruel caractère.

Au même moment, Catherine apprend qu'Edgar Linton éprouve des sentiments pour elle mais, bien que son amitié avec Heathcliff ait changé, elle confie à son intendante que son cœur chavire pour ce dernier. Cependant, elle avoue également que l'aimer et accepter de vivre à ses côtés pour toujours serait humiliant. Heathcliff entend la conversation et, blessé comme jamais il ne l'a été, décide de quitter les Hauts de Hurlevent.

LA GRANDE VENGEANCE

Pendant trois ans, Heathcliff parvient à gagner sa vie en conduisant de sombres affaires. En l'absence de son grand amour, Catherine épouse Edgar Linton et déménage à Thrushcross Grange.

Aveuglé par la rancœur et fier de son nouveau statut d'homme aisé, Heathcliff retourne à Hurlevent dans l'intention de détruire Hindley, alors anéanti par l'alcoolisme. Son plan est de provoquer Hindley pour qu'il se ruine au jeu et mette la propriété que son père lui a légué sous hypothèque. Ainsi, Heathcliff l'achèterait à un prix moindre et dépouillerait son pire ennemi de tout ce qu'il possède. Mais détruire l'ainé des Earnshaw ne lui suffit pas ; il désire également se venger d'Edgar Linton en prenant possession de Thrushcross Grange.

Une fois son projet lancé, Heathcliff se montre différent de la personne qu'il était auparavant : c'est à présent un homme cruel qui n'a pas peur de piétiner tous ceux qui lui font obstacle. Hindley perd ainsi Hurlevent au grand bonheur de Heathcliff qui rachète la propriété. En même temps, il rend régulièrement visite à Catherine à Thrushcross Grange, mais Edgar ne perd pas une occasion de le traiter comme un paria orphelin, lui faisant comprendre qu'il n'est pas le bienvenu chez eux. Heathcliff décide de se venger en conquérant le cœur d'Isabelle Linton, qu'il épouse. Elle représente sa seule chance de s'emparer de la maison d'Edgar.

Le mariage d'Isabelle Linton et Heathcliff intensifie les différends entre ce dernier et Edgar, ce qui fait souffrir Catherine de grosses migraines. Isabelle, quant à elle, donne naissance à un enfant, mais Heathcliff la méprise en secret.

Entre-temps, Hindley meurt emporté par l'alcoolisme et la garde de son fils, Hareton, est confiée à Heathcliff, le propriétaire légitime de la ferme de Hurlevent. Pour se venger de toutes les humiliations que Hindley lui a fait endurer,

Heathcliff interdit à Hareton d'étudier et le traite comme un moins que rien.

Avec le temps, la santé de Catherine se détériore et elle finit par s'éteindre le jour de la naissance de sa fille. Edgar nomme cette dernière Catherine, en hommage à sa mère, et se jure de l'élever sans jamais lui parler des Hauts de Hurlevent ou de son propriétaire.

Isabelle Linton, lasse de l'agressivité et de l'indifférence de Heathcliff, complètement effondré par la mort de Catherine, part pour Londres pour élever son fils, Linton Heathcliff, qui est malade.

LES HÉRITIERS

Pendant 13 ans, Edgar parvient à garder la petite Catherine sous le toit de Thrushcross Grange. Cependant, la jeune fille, curieuse de découvrir les alentours décide un jour de sortir. Elle s'échappe et arrive à Hurlevent, où elle fait la rencontre de Hareton, mais elle le trouve mal élevé et grossier. Edgar l'oblige à rentrer et lui interdit de ressortir à nouveau sans permission.

Peu de temps après, Isabelle Linton décède. Son frère Edgar réclame alors la garde de son neveu et demande à ce qu'il vive chez lui, à Thrushcross Grange. Mais Heathcliff refuse, affirmant que l'enfant doit vivre avec son père, même s'il ne connait pas son existence.

Un jour, lors de l'une de ses escapades, la petite Catherine rencontre Linton Heathcliff, avec qui elle commence à échanger des lettres d'amour. Heathcliff père profite de cette situation pour inciter les deux jeunes à se voir et à mieux se connaitre, dans le dos d'Edgar ; toujours dans le but d'obtenir Thrushcross Grange. Ainsi, il invite un jour Catherine chez lui et l'oblige à se marier avec son fils.

Edgar et son neveu, le nouvel époux de Catherine, meurent. Heathcliff force la jeune veuve à travailler pour lui à Hurlevent, faisant de Thrushcross Grange sa nouvelle possession.

DE RETOUR AU PRÉSENT

Après avoir écouté toute l'histoire de Mrs Dean, Lockwood décide qu'il ne peut plus rester là, à cause de tout ce qui s'y est passé. Il retourne alors dans la ville.

Peu après, toutefois, Lockwood retourne à Hurlevent et apprend que Heathcliff est mort et que Catherine et Hareton, le fils de Hindley et Frances, envisagent de se marier. Elle a finalement accepté son amitié et l'a pris sous son aile pour lui apprendre à lire. Ils tombent ainsi amoureux et Heathcliff, submergé par la colère, la tristesse et le désir intense de partir avec son amour Catherine, n'a pas remarqué la relation naissante entre les deux jeunes et meurt seul, aux côtés du fantôme de Catherine.

INSPIRÉ DE FAITS RÉELS

Emily Brontë s'occupe tout un temps de son frère Branwell qui souffre de dépendance à l'alcool. Pendant cette période de sa vie, elle écrit une partie de ce roman, ce qui fait l'objet de nombreuses critiques car certaines caractéristiques de ses personnages sont inspirées du comportement errant de son frère, qui décède emporté par l'alcoolisme.

ÉTUDE DES PERSONNAGES

Le nom de cette œuvre fait allusion au caractère de la plupart des personnages. « Les hauts de Hurlevent » font référence à un lieu de faune luxuriante et dense, au climat pluvieux, hostile et difficile à apprécier. De même, les personnages inventés par Brontë sont difficiles à cerner ; tantôt impulsifs, tantôt manipulateurs et froids.

HEATHCLIFF

Heathcliff a le teint basané, les yeux bruns et les cheveux bouclés et noirs. À cause de son physique et de son origine si différente, il est rejeté par son frère et, même si ses parents adoptifs l'aiment depuis le premier jour, le reste de la famille le méprise.

C'est un homme complexe qui peut être très émotif et se laisser emporter par ses sentiments, mais aussi se montrer stratégique, froid et manipulateur, agissant selon ses ambitions et des plans parfaitement élaborés. Sensible, il finit complètement déchiré par les circonstances qui l'entourent et devient indolent, cruel, avare et rusé.

Il ne parviendra jamais à vivre aux côtés de son grand amour, Catherine, et sombre encore davantage dans le chagrin et la désolation lorsqu'elle meurt. Effondré par l'ennui et la douleur, il décide de rendre misérable la vie de tous ceux qui l'entourent. Cette facette sombre et malintentionnée de son caractère, Catherine la connait bien :

> « Nelly, aidez-moi à la convaincre de sa folie. Montrez-lui ce qu'est Heathcliff : un être resté sauvage, sans raffinement, sans culture ; un désert aride d'ajoncs et de basalte. J'aimerais autant mettre le petit canari que voilà dans ce parc un jour d'hiver que de vous conseiller de lui confier votre cœur. C'est une déplorable ignorance de son caractère, mon enfant, et rien d'autre, qui a fait entrer ce rêve dans la tête. Je vous en prie, ne vous imaginez pas qu'il cache des trésors de bienveillance et d'affection sous un extérieur sombre. » (Brontë (E), *Les Hauts de Hurlevent*, chapitre x)

CATHERINE

Catherine est une jeune fille aux cheveux blonds et au teint pâle qui devient une magnifique jeune femme. Elle est quelque peu arrogante et se méfie du jeune garçon que son père ramène sous leur toit, mais finit par devenir sa meilleure amie et sa confidente.

Par ailleurs, elle est assez mal élevée, capricieuse et superficielle. Elle s'intéresse beaucoup à ce que l'on pense d'elle. Elle est pleine d'énergie (du moins, lorsqu'elle est en bonne santé) et parvient toujours à se sortir de situations difficiles avec élégance et insolence.

Heathcliff est le grand amour de sa vie. Elle décide toutefois d'épouser Edgar Linton par fierté, par dépit et pour préserver sa réputation.

EDGAR

Edgar est l'héritier de Thrushcross Grange. C'est un jeune garçon bien élevé, noble et attentionné avec Catherine, l'amour de sa vie et la mère de son unique enfant. Edgar n'apprécie pas Heathcliff et considère la relation entre ce dernier et sa femme totalement inappropriée.

C'est un père surprotecteur, mais qui aime véritablement sa fille et cherche à lui offrir le meilleur. Il peut se montrer très stricte mais il est aussi sévère avec les autres qu'avec lui-même.

HINDLEY

Hindley, le grand frère de Catherine, est une personne insensible et cruelle. Il déteste Heathcliff à cause de toute l'attention que sa famille lui porte. Il est mesquin et méchant avec lui, prouvant son véritable caractère : il prend un plaisir à humilier les plus faibles et n'a aucune compassion. Il agit tel un tyran.

Après la mort de sa femme, il se change en un homme pernicieux qui perd toute sa fortune à cause de l'alcool et des jeux. Il meurt seul, égoïste et cruel.

ISABELLE

Isabelle, la sœur d'Edgar et la femme de Heathcliff, est une femme réservée et bien élevée. Après son mariage, elle est contrainte de se soumettre, incapable d'affronter la mauvaise humeur de son mari, ce qui la pousse à fuir avec son fils. Comme Catherine, elle est capricieuse et épouse l'ennemi de son frère, en dépit de toutes les mises en garde.

HÉLÈNE DEAN

C'est Hélène qui raconte toute l'histoire au nouvel arrivant de Thrushcross Grange. Attentionnée et toujours prête à aider les autres, elle voit grandir Catherine, Heathcliff et Hindley. L'intendante de la ferme de Hurlevent est une personne compréhensive et sensible.

LOCKWOOD

Lockwood est le nouveau locataire des Hauts de Hurlevent. C'est un jeune homme observateur, introverti et curieux. Au départ, il pense voir son propre reflet dans le caractère farouche et peu aimable de Heathcliff, mais ressent une certaine aberration et du dégout pour ce dernier lorsqu'il prend connaissance de son histoire.

HARETON

Hareton est le fils de Hindley. Pour se venger de la cruauté que son père lui a fait endurer des années plus tôt, Heathcliff interdit au jeune garçon d'étudier. Sous la garde de Heathcliff, il se change en un jeune homme grincheux et grossier.

HEATHCLIFF FILS

Linton Heathcliff est un garçon malade qui se laisse facilement influencer. Son père profite de sa docilité et du fait qu'il ne connait pas l'histoire de sa famille pour l'utiliser comme moyen de vengeance contre Edgar. Le jeune garçon épouse Catherine fille, mais le mariage est bref car il meurt peu de temps après.

CATHERINE FILLE

Catherine est une jeune fille impulsive et désobéissante qui se retrouve au cœur du plan de Heathcliff qui l'oblige à épouser son fils, Linton Heathcliff.

Comme sa mère, c'est un personnage de caractère, déterminé et audacieux. En partie à cause de cela, elle se voit mise au service de Heathcliff un certain temps. Pendant cette période, après la mort de son mari, elle fait la rencontre de Hareton, qu'elle épouse et hérite des deux propriétés : Thrushcross Grange et les Hauts de Hurlevent.

CARACTÉRISTIQUES DE L'ŒUVRE

GENRE

Roman réaliste ?

Les Hauts de Hurlevent n'est pas toujours vu d'un bon œil en raison de sa structure complexe et de son genre qu'il est difficile de qualifier.

Cependant, nous pouvons dire que ce roman constitue le reflet d'une époque et illustre parfaitement les traditions rurales de l'Angleterre du XIXe siècle. Il présente de façon réaliste un décor, des caractères, des histoires et des habitudes qui réunissent les personnages et permettent au lecteur de découvrir et de comprendre les dénouements à venir.

Par exemple, nous pouvons comprendre que la présence de Heathcliff dans une famille puissante et aisée semble peu convenable, en raison de son origine (gitane, d'après certains) et de sa classe sociale. De même, nous concevons que les relations ont rarement une fin heureuse : malgré la cruauté et la grossièreté de Heathcliff, Isabelle accepte de rester avec lui ; elle ne peut de toute façon pas le quitter. Par conséquent, même si elle prend ses distances avec lui, elle reste sa femme, ce qui arrange Heathcliff qui entend réclamer son droit d'héritier.

Roman romantique ?

Né en Allemagne et en Angleterre au XIXe siècle, le romantisme est un genre littéraire qui se caractérise, entre autres, par la prédominance des sentiments sur la raison. Ce genre traite beaucoup de l'individualisme et entend écrire selon cette idée. Par conséquent, les histoires romantiques tournent principalement autour d'un personnage à la personnalité sensible.

Bien que nous ne puissions pas entièrement classer ce roman dans ce genre-ci, la prédominance des différents sentiments des personnages, ainsi que le rapport entre leurs émotions et le climat qui les entoure, peuvent être perçus comme un signe romantique. Ainsi, nous pourrions dire que le livre porte principalement sur les personnages et leurs sentiments : lorsqu'un événement très marquant ou très négatif se passe, des tempêtes s'ensuivent et les choses dégénèrent, comme c'est le cas pour Heathcliff.

L'un des autres thèmes récurrents du romantisme est l'obsession pour l'altérité. Elle se reflète également dans le personnage de Heathcliff, qui est en conflit constant avec sa famille et qui ne partage pas les mêmes origines sociales et ethniques. Pour cette raison, il est souvent considéré presque comme un sauvage, pour montrer qu'il existe une différence fondamentale qui le distingue de sa famille. Nous pourrions dire que du point de vue de Hindley, par exemple, les craintes de la famille se confirment car Heathcliff s'avère également violent et rebêche.

STRUCTURE

Le roman est construit tel un casse-tête chinois : une grande histoire, générale, constitue le point de départ d'autres petites histoires.

Le point de départ est le récit présent ; celui de Lockwood qui s'entretient avec l'intendante au sujet de son propriétaire, Heathcliff. À partir de là, nous faisons un bond dans le passé menant à d'autres récits qui ne concernent pas Lockwood. Le roman nous fait découvrir l'enfance et la jeunesse de Heathcliff et sa relation tumultueuse avec Catherine et son frère. Nous arrivons ensuite à un passé moins lointain : l'époque de la deuxième génération de propriétaires et héritiers des deux domaines. Nous retombons finalement dans le présent avec l'histoire de Lockwood.

Ceci dit, pendant que Mrs Dean raconte l'histoire du passé, quelques interruptions nous ramènent au présent de Lockwood qui doit prendre un peu de recul car l'histoire le touche ou le choque, comme lorsqu'il apprend ce qu'est devenu Heathcliff : un pauvre malheureux qui a perdu celle qu'il aimait plus que tout. Durant ces intermèdes, le locataire de Thrushcross Grange considère tout ce qu'il a entendu et témoigne de certaines des conséquences désastreuses de la soif de vengeance de son propriétaire.

Finalement, nous faisons un saut dans le futur, où Lockwood interroge en premier lieu Heathcliff. Comme nous l'avons déjà mentionné dans le résumé, Lockwood décide de partir pour Londres après s'être rendu compte de ce qu'est devenu

Heathcliff et de ce qu'il a fait. À cet instant, l'histoire qui était en cours (celle de la deuxième génération) devient la protagoniste et s'unit à celle de Lockwood. Lorsqu'il revient à Hurlevent, il comprend que le passé n'est plus l'histoire centrale des lieux. Avec la mort de Heathcliff, la rancœur, la douleur et la vengeance disparaissent et les nouveaux amants décident de ne pas commettre les mêmes erreurs que leurs parents, se faisant la promesse de construire un avenir meilleur.

TEMPS

La structure du roman nous fait voyager à travers le temps et ce, dès les premières pages, lorsque Lockwood rencontre le protagoniste, Heathcliff. Alors que le nouveau locataire de Thrushcross Grange enquête sur le passé de son propriétaire, nous visitons le passé, à l'époque de l'adolescence de Heathcliff. De là, par le biais de l'intendante des Hauts de Hurlevent, nous continuons d'avancer, jusqu'à ce que Lockwood questionne Heathcliff dans la réalité.

À la mort de Heathcliff, le roman se rapproche du présent. Nous comprenons alors déjà qui sont les personnages de fond lors de la rencontre entre Heathcliff et Lockwood (qui, jusque-là, semblaient secondaires) et que ceux-ci se révèlent importants pour la conclusion de l'histoire.

Outre le temps chronologique, le temps atmosphérique joue également un rôle central à la compréhension du roman. Le climat violent et la nature indomptable qui entourent Thrushcross Grange et les Hauts de Hurlevent évoquent la personnalité des personnages et reflètent leurs sentiments. Par exemple, des tempêtes se déchainent juste avant ou après une rupture ou une dispute.

Par ailleurs, nous retrouvons un phénomène surnaturel récurrent après la mort de Catherine : Heathcliff et d'autres personnages la voient régulièrement. Il s'agit soit de fantômes, soit du fait que les habitants des Hauts de Hurlevent ont des pensées obsessionnelles et récurrentes pour Catherine.

ANALYSE DES THÈMES ET CLÉS DE LECTURE

SYMBOLISME

Ce roman est constitué de nombreux éléments, comme de simples objets ou des phénomènes naturels, dont la signification dépasse ce qu'ils représentent. Par exemple, lorsque Lockwood dort dans le lit où s'est éteinte Catherine, il fait des cauchemars. Il comprend non seulement que ce lit a été le dernier de Catherine, mais aussi que c'est là qu'elle allait se réfugier lorsque son frère jouait les tyrans.

De plus, c'est dans ce même lit que meurt Heathcliff, dont les derniers jours sont marqués par la folie. Il semble que sa mort, en ce même lieu, soit la métaphore parfaite de son amour inachevé et éternel pour Catherine et de sa réunion avec elle dans l'au-delà.

La maladie joue également un rôle d'une grande importance dans ce roman. Elle ne constitue pas un simple moyen narratif ; elle nous aide à déchiffrer des épisodes et des personnages et fait partie de certaines révélations clés. Si nous prenons l'exemple de Catherine et de sa santé qui se détériore après son mariage avec Edgar, nous comprenons que cette détérioration est liée à la relation avec Heathcliff, qui décide de leur faire du mal. Lorsqu'elle tombe enceinte d'Edgar et est sur le point d'accoucher, elle est loin de Heathcliff. Ainsi, de façon réaliste mais aussi symbolique, elle meurt pendant l'accouchement. Sa fille représente le symbole de son véritable amour qui n'a jamais pu se concrétiser.

Les maisons constituent, en outre, des éléments pleins de symbolisme et de dualité. Si celle de Thrushcross Grange est toujours décrite comme un lieu accueillant, chaleureux et paisible, les Hauts de Hurlevent, eux, sont présentés comme difficiles d'accès, peu hospitaliers et négligés. Les deux domaines illustrent leurs propriétaires. Lorsque Heathcliff prend possession de la grange, celle-ci perd toute sa splendeur. Ainsi, à la fin, toutes deux constituent le portrait vivant de Heathcliff, de sa négligence et de son indifférence pour le bien d'autrui.

AMOURS TUMULTUEUX

Dès le début du roman, nous sommes témoins de relations tumultueuses : celle de Heathcliff et de son demi-frère Hindley et celle de ce dernier avec son père. Les différends entre Hindley et Heathcliff sont dus au fait que Hindley ne comprend pas le besoin et la décision de son père de ramener un autre garçon à la maison.

La relation la plus tourmentée, qui joue d'ailleurs un rôle central, est celle qui nait entre Catherine et Heathcliff, qui s'aiment autant qu'ils se détestent. Leur fierté et leur fort caractère les séparent et leur lien si particulier fait qu'ils peuvent se mépriser et se faire du mal :

> « Mon amour pour Linton est comme le feuillage dans les bois : le temps le transformera, je le sais bien, comme l'hiver transforme les arbres. Mon amour pour Heathcliff ressemble aux rochers immuables qui sont en-dessous : source de peu de joue apparente, mais nécessaire. Nelly, je suis Heathcliff ! Il est toujours, toujours dans mon esprit ; non comme un plaisir, pas plus que je ne suis toujours un plaisir pour moi-même, mais comme mon propre être. » (BRONTË (E), *Les Hauts de Hurlevent*, chapitre IX)

Le roman connait des hauts et des bas : à certains moments, nous croyons que l'amour entre Heathcliff et Catherine aura une fin heureuse et qu'ils se déclareront leur flamme et formeront un couple mais ensuite, nous doutons de la sincérité de cet amour et pensons qu'ils vivront mieux séparés. Le livre nous emmène d'une romance profonde et tendre à un drame obscur, ce qui explique pourquoi il est difficile de le qualifier de roman d'amour.

Les disputes entre Heathcliff et Catherine constituent l'élément déclencheur de plusieurs désastres, comme le mariage entre Heathcliff et Isabelle. Ce dernier finit également par être tumultueux, car la capricieuse Isabelle Linton décide d'épouser Heathcliff malgré l'opposition de son frère. L'amour s'avère alors malsain entre elle, qui est tolérante, et lui, qui se montre méchant et indifférent.

On retrouve également l'amour dans la relation entre Edgar et Catherine, malgré l'ombre de Heathcliff qui plane dans le cœur de cette dernière. Leur relation semble fonctionner tranquillement, car ce qui les oppose leur apporte un certain équilibre. Mais ce n'est qu'une image. Au fond d'elle, Catherine n'oublie pas son premier amour et décède accablée par les disputes entre Heathcliff et son époux.

Catherine fille et son mari Linton Heathcliff souffrent car ils tombent dans le piège de Heathcliff qui souhaite s'emparer de Thrushcross Grange. Leur mariage s'avère inopportun pour tous les deux, même s'il prend vite fin lorsque, Linton Heathcliff, très malade, décède.

OPPOSITIONS ET SIMILARITÉS

Le roman est plein de forces qui s'attirent et qui se repoussent. Les personnages ont une personnalité forte ; ils sont têtus mais passionnés, ils s'aiment mais se détestent.

Hindley et Heathcliff semblent être, à un certain moment, des personnages que tout oppose. Pourtant, à mesure que l'histoire avance, nous nous rendons compte que Heathcliff devient un tyran alcoolique, comme l'était Hindley. De plus, à cause de la douleur de la perte de leurs femmes, ils deviennent tous deux des hommes revêches et grossiers qui se montrent cruels envers tous ceux qui les approchent.

Hareton semble aussi refléter le personnage de Heathcliff : un jeune garçon qui n'a pas de famille et qui est considéré, à Hurlevent, comme un paria à cause de son origine. Il n'a pas été éduqué et comme Heathcliff dans sa jeunesse, il est noble mais grossier.

Isabelle et Catherine, elles, s'opposent à tout point de vue : alors qu'Isabelle joue le rôle de la femme soumise, incapable de faire face à Heathcliff et de le défier, Catherine est imprévisible et hautaine avec Heathcliff, n'a pas peur de lui et l'affronte avec ténacité. La fille de Catherine ressemble beaucoup à sa mère : impulsive, têtue et malpolie. De cette manière, son dernier mariage avec Hareton semble être une façon de revendiquer la romance originelle entre deux personnes de mondes opposés.

PISTES DE RÉFLEXION

QUELQUES QUESTIONS POUR AP-PROFONDIR SA RÉFLEXION...

- Quels éléments dans *Les Hauts de Hurlevent* peut-on considérer comme symboliques ?
- Comment le roman reflète-t-il la société anglaise du XIXe siècle ?
- Les protagonistes ne terminent pas ensembles et le lecteur l'apprend avant la fin du livre. En quoi cela est-il important ? Justifiez votre réponse.
- Quelles sont les conséquences du fait que *Les Hauts de Hurlevent* a été écrit par une femme ?
- Pourquoi croyez-vous que l'écrivaine ait décidé d'utiliser ce jeu d'oppositions et de similarités dans les différentes parties du roman ? Justifiez votre réponse.
- Comment comprenez-vous le fait que Hareton et Catherine fille parviennent à concrétiser leur amour ?
- Quel rôle joue la servitude dans *Les Hauts de Hurlevent*, en sachant que l'intendante est la narratrice principale de l'histoire ?

Votre avis nous intéresse ! Laissez un commentaire sur le site de votre librairie en ligne et partagez vos coups de cœur sur les réseaux sociaux !

POUR ALLER PLUS LOIN

ÉDITION DE RÉFÉRENCE

- BRONTË E, *Les Hauts de Hurlevent*, Paris, Livre de poche, 2012, 416 p.

ÉTUDES DE RÉFÉRENCE

- BUMP J, *Family-Systems Theory, Addiction, and Emily Brontë's Wuthering Heights*, 1997.
- LEVIN N, *I am Heathcliff! Paradoxical love in Bronte's Wuthering Heights*, Essai, Université de Stockholm, 2012. Consulté le 7 mars 2017. http://www.diva-portal.org/smash/get/diva2:538526/fulltext01.pdf.

LECTURE RECOMMANDÉE

- OATES J. C., *The magnanimity of Wuthering Heights*, étude critique, vol. 9, n°2, 435-449.

ADAPTATIONS

Ce roman a fait l'objet de nombreuses adaptations au cinéma, à la télévision et à la radio. Ses personnages intrigants en font une histoire très populaire aujourd'hui. Ce qui est intéressant, c'est que la plupart de ces adaptations omettent la deuxième partie du roman, qui raconte l'histoire de la deuxième génération. Au lieu de ça, elles se concentrent toutes sur l'amour entre Heathcliff et Catherine.

- *Les Hauts de Hurlevent*, de William Wyler, avec Laurence Olivier et Merle Oberon. États-Unis : Samuel Goldwyn Productions, 1939.
  Cette adaptation a été nominé pour plusieurs catégories aux Oscars. Elle a reçu les prix du meilleur film, du meilleur acteur et du meilleur réalisateur.

- *Les Hauts de Hurlevent*, de Luis Buñuel, avec Iliasema Dilián et Jorge Mistral. Mexique : Tepeyac, 1953.

- *Les Hauts de Hurlevent*, de Andrea Arnold, avec Kaya Scodelario et James Hawson. Royaume-Uni : HanWay Films, 2011.

Retrouvez notre offre complète sur lePetitLittéraire.fr

- des fiches de lectures
- des commentaires littéraires
- des questionnaires de lecture
- des résumés

ANOUILH
- Antigone

AUSTEN
- Orgueil et Préjugés

BALZAC
- Eugénie Grandet
- Le Père Goriot
- Illusions perdues

BARJAVEL
- La Nuit des temps

BEAUMARCHAIS
- Le Mariage de Figaro

BECKETT
- En attendant Godot

BRETON
- Nadja

CAMUS
- La Peste
- Les Justes
- L'Étranger

CARRÈRE
- Limonov

CÉLINE
- Voyage au bout de la nuit

CERVANTÈS
- Don Quichotte de la Manche

CHATEAUBRIAND
- Mémoires d'outre-tombe

CHODERLOS DE LACLOS
- Les Liaisons dangereuses

CHRÉTIEN DE TROYES
- Yvain ou le Chevalier au lion

CHRISTIE
- Dix Petits Nègres

CLAUDEL
- La Petite Fille de Monsieur Linh
- Le Rapport de Brodeck

COELHO
- L'Alchimiste

CONAN DOYLE
- Le Chien des Baskerville

DAI SIJIE
- Balzac et la Petite Tailleuse chinoise

DE GAULLE
- Mémoires de guerre III. Le Salut. 1944 1946

DE VIGAN
- No et moi

DICKER
- La Vérité sur l'affaire Harry Quebert

DIDEROT
- Supplément au Voyage de Bougainville

DUMAS
• Les Trois
  Mousquetaires

ÉNARD
• Parlez-leur
  de batailles,
  de rois et
  d'éléphants

FERRARI
• Le Sermon sur la
  chute de Rome

FLAUBERT
• Madame Bovary

FRANK
• Journal
  d'Anne Frank

FRED VARGAS
• Pars vite et
  reviens tard

GARY
• La Vie devant soi

GAUDÉ
• La Mort du
  roi Tsongor
• Le Soleil des
  Scorta

GAUTIER
• La Morte
  amoureuse
• Le Capitaine
  Fracasse

GAVALDA
• 35 kilos d'espoir

GIDE
• Les
  Faux-Monnayeurs

GIONO
• Le Grand
  Troupeau
• Le Hussard
  sur le toit

GIRAUDOUX
• La guerre de
  Troie
  n'aura pas lieu

GOLDING
• Sa Majesté des
  Mouches

GRIMBERT
• Un secret

HEMINGWAY
• Le Vieil Homme
  et la Mer

HESSEL
• Indignez-vous !

HOMÈRE
• L'Odyssée

HUGO
• Le Dernier Jour
  d'un condamné
• Les Misérables
• Notre-Dame
  de Paris

HUXLEY
• Le Meilleur
  des mondes

IONESCO
• Rhinocéros
• La Cantatrice
  chauve

JARY
• Ubu roi

JENNI
• L'Art français
  de la guerre

JOFFO
• Un sac de billes

KAFKA
• La Métamorphose

KEROUAC
• Sur la route

KESSEL
• Le Lion

LARSSON
• Millenium I. Les
  hommes qui
  n'aimaient pas
  les femmes

LE CLÉZIO
• Mondo

LEVI
• Si c'est un
  homme

LEVY
• Et si c'était vrai…

MAALOUF
• Léon l'Africain

MALRAUX
- La Condition humaine

MARIVAUX
- La Double Inconstance
- Le Jeu de l'amour et du hasard

MARTINEZ
- Du domaine des murmures

MAUPASSANT
- Boule de suif
- Le Horla
- Une vie

MAURIAC
- Le Nœud de vipères

MAURIAC
- Le Sagouin

MÉRIMÉE
- Tamango
- Colomba

MERLE
- La mort est mon métier

MOLIÈRE
- Le Misanthrope
- L'Avare
- Le Bourgeois gentilhomme

MONTAIGNE
- Essais

MORPURGO
- Le Roi Arthur

MUSSET
- Lorenzaccio

MUSSO
- Que serais-je sans toi ?

NOTHOMB
- Stupeur et Tremblements

ORWELL
- La Ferme des animaux
- 1984

PAGNOL
- La Gloire de mon père

PANCOL
- Les Yeux jaunes des crocodiles

PASCAL
- Pensées

PENNAC
- Au bonheur des ogres

POE
- La Chute de la maison Usher

PROUST
- Du côté de chez Swann

QUENEAU
- Zazie dans le métro

QUIGNARD
- Tous les matins du monde

RABELAIS
- Gargantua

RACINE
- Andromaque
- Britannicus
- Phèdre

ROUSSEAU
- Confessions

ROSTAND
- Cyrano de Bergerac

ROWLING
- Harry Potter à l'école des sorciers

SAINT-EXUPÉRY
- Le Petit Prince
- Vol de nuit

SARTRE
- Huis clos
- La Nausée
- Les Mouches

SCHLINK
- Le Liseur

SCHMITT
- La Part de l'autre
- Oscar et la
  Dame rose

SEPULVEDA
- Le Vieux qui
  lisait des romans
  d'amour

SHAKESPEARE
- Roméo et Juliette

SIMENON
- Le Chien jaune

STEEMAN
- L'Assassin
  habite au 21

STEINBECK
- Des souris et
  des hommes

STENDHAL
- Le Rouge et
  le Noir

STEVENSON
- L'Île au trésor

SÜSKIND
- Le Parfum

TOLSTOÏ
- Anna Karénine

TOURNIER
- Vendredi ou
  la Vie sauvage

TOUSSAINT
- Fuir

UHLMAN
- L'Ami retrouvé

VERNE
- Le Tour
  du monde
  en 80 jours
- Vingt mille
  lieues sous
  les mers
- Voyage au
  centre de
  la terre

VIAN
- L'Écume des jours

VOLTAIRE
- Candide

WELLS
- La Guerre des
  mondes

YOURCENAR
- Mémoires
  d'Hadrien

ZOLA
- Au bonheur
  des dames
- L'Assommoir
- Germinal

ZWEIG
- Le Joueur
  d'échecs

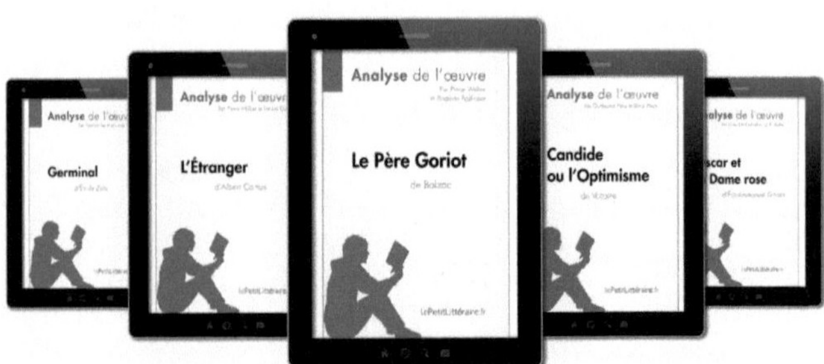

ISBN version numérique : 9782808003643
ISBN version papier : 9782808003650

Dépôt légal : D/2017/12603/712

Conception numérique : Primento,
le partenaire numérique des éditeurs.

Ce titre a été réalisé avec le soutien de la Fédération Wallonie-Bruxelles, Service général des Lettres et du Livre.